瓊花《けいか》　撮影　井上博道　唐招提寺発行

瓊花《けいか》とはあぢさゐならぬツヅラ科と和上の寺守《てらもり》蕰蓄展く

（「瓊花」は鑑真和上の故郷中国揚州の花。昭和三八年の鑑真没後一二〇〇年の記念事業の一環として揚州より唐招提寺へ送られて来て、現在寺内の一角に四月末から五月初旬に「ガクアジサイ」に似た見事な花を咲かせる）

歌集

平城讃歌

船田敦弘

砂子屋書房

＊目次

第一章　平城讃歌

第四章　仏陀の道

装本・倉本　修

歌集　平城讃歌

第一章　平城讃歌

平城京晩景

玄宗の都にならへる平城京聖武の夢の後大寺に息づく

三七日の七大寺統べし誦経のこゑたたせてさやぐ佐保の山風

びるしやな仏の開眼供養をしきりたるが聖武の頂《ちぢ》とうべなふ墓処に

千とせ余《ま》り三百年の遷都祭へ復元の宮りくぞくと建つ

東院堂*にのぼれば息のむ端麗像聖観世音白鳳イケメン

*薬師寺東院堂

西ノ京は唐招提寺のびるしやな仏鑑真さながら天平かほばせ

遷都祭へ復元されゆく大極殿平城まほらに聖武をたたす

たましひが政治《まつりごと》なすこゑおごそかにおごそかに届く黒き地平ゆ

遷都祭まことに喜ぶ人やたれ　帝と行基の飛天が宙に

遷都祭近づく宮居の空ゆ降るヒイチブリートルリトルリートル

立春の空にをどれる凧の糸たどれば父娘《おやこ》のより添ふ真顔

平城のまほらの夏草刈りゆける車のあとをカラスの随きゆく

胡錦濤の贈りくれたる「友誼の舟」船にはあらず舟と記さる

唐末のジパングめざして五たびの玄海の帆柱折れていづべに

舳先*なる鑑真胸像ゆるぎなし揚州にありしとほき日のかほ

*復元された遣唐使船の

平城の花とし生き継ぐ時計草水無月尽の雫を留めて

聖武帝の政治はすばやし被災せる民の税をば免除したると

すだれ越しに元明女帝は見てゐむか大極殿の朱雀となりて

さくら花アーケード然と大極殿おほひてことほぐ自慢の写真は

平城京の南を限れる羅城門朱雀大路に朱雀門望めず

正倉の前に憩へる鹿なればせんべいくはず草食《た》べゐる

古都の秋鴨脚樹《いちやう》の黄葉のガラス戸に映れる撮りて写真家気取り

東大寺

びるしやな仏の半眼のまみのそそがるる灯籠なれば飛天の楽冴え

許させたまへ暗き仏を撮りをへて美の狩人となりたる水無月

堂ぬちは遷都祭グッズのあふれゐて印度人も並ぶ古都なるバザール

売店に売られてありし小面の二か月過ぐるも忘らえずして

身ぬぐひに鮮やぐ大きほとけなり万民豊楽を導く指《おゆび》

インドより来《きた》れる人の大仏ををろがみゐたり噴きいづる水

西大寺

秋篠川に沿ひつつ歩めば右手《めて》の山高野山とぞ女帝*のねむる

重祚なる称徳女帝の建てられし西大寺なり古地図に広き

*孝謙天皇

父帝《みかど》の東大寺にならぶ西大寺むすめ発願の国家鎮護寺
文亀《ぶんき》の世の戦禍に喪せし西大寺増長の踏む邪鬼のみ遺して
南大門ゆ参道ながき金堂の粛然たる影夏空の下

創建時の息吹伝ふる四天堂増長に踏まるる邪鬼の牛足

古鬼の手の三本指を照らしみる天平鋳造の粗き節ぶし

ゆんでに花瓶右手に錫杖《しやくぢやう》執りて立つ丈六観音四天堂の華

薬師寺

わが知らぬ昭和戦前の西ノ京東塔一基のさびれたる寺

大講堂成れるは平成十五年世界の薬師寺ここにととのふ

天平の三重の塔色あせて朱の金堂*により ゆく若人

*昭和五一年再建

平成三年落慶なりたる三蔵院玄奘の心の「不東」を額に

シルクロードたどりし身にも壁画*なる黄砂重たし三蔵ならねば

*大唐西域壁画

薬師寺のビューポイントなる大池にわれもまじりて一会の構へす

東塔と西塔のあひに若草山納まりたれば薬師寺やさし

薬師寺の東塔解体修理なるは十年後とふ黄泉平坂《よもつひらさか》

法師蟬おーしつくつく一曲を声明として誦し了へて翔ぶ

薬師寺の高田好胤十三回忌賜ばれる「空」*の見事なるかな

*「空」と書かれた小色紙

唐招提寺

会津八一の歌碑あるあたりに佇み見ればまろきはしらのくすみたる朱

単層の入母屋造の講堂が天平宮居の朝集殿にて

文化の日の落慶法要に連なりて遷都祭ことほぐ散華拾はな

昭和のするゐサンチー古塔を模して据うる戒壇にして鑑真の影

堂のにはに十字のどくだみ立ちゐたりわが戒律のこころ問ふがに

鑑真の招提の寺めぐり来て瓊花《けいか》のはしき園にいこへり

おほてらのまろきはしらを照らしたる千年の月霧のなかなる

中興の覚盛上人の蚊を追へるこころをよしとしうちはを苞《つと》に

揚州の花

瓊花《けいか》とはあぢさゐならぬツヅラ科と和上の寺守《てらもり》蘊蓄展く

四月末の五日に詣でし御堂まへ花は円描きぽつぽつとあり

五月二日老春証示し入りし園瓊花は円描き一面のしろ

満開の頃あひ憶ひ妻を率て園の瓊花を後背にして

売られゐるにほひゆかしき線香の瓊花をけふの家苞とせむ

喜光寺

菅原寺*は右京三条三坊に行基みづから建てし寺なる

*喜光寺の旧名

菅生ふる里の道真ゆかりの宮*ここにも受験生掌を合はせゆく

*菅原天満宮

聖武帝より大僧正に任ぜらるる恭仁《くに》京時代の行基はゼネコン

八角の灯籠の位置へ注がるる阿弥陀の玉眼釈迦のごとしも

ブッダガヤの菩提樹下なる足石《そくせき》の請来しあれば真実の寺

本尊は阿弥陀にませど生説ける釈尊のこころ半眼に透く

養生の行基をおとなひ歓喜光にうたれて帝の名づけたる寺

平成ゆ喜光寺のにはに浄土なる蓮池うつして花の寺なり

行基蓮、喜光寺不動、喜光寺蓮、白、赤、桃の実生《みしやう》がそだつ

清らなる朝立つ蓮をめぐりつつ「空《くう》」の撮影妻と競ひぬ

薬師寺の山田法胤いろは歌の写経によりて喜光寺興せり

縁日の二日に来たり写経する二時間ほどの清らに魅かる

遷都祭へ楼門復興果たすべく平成九年の槌音せはし

南大門は阪奈道路にむきて建つ二〇一〇年*の観光スポット

*平城遷都千三百年祭

喜光寺の行基菩薩の縁日のいろは写経は妻と並びて

竹林寺

竹林のなかに行基の臥せりをり五台山なる竹林寺然と

南生駒の駅より深く徒歩のぼり竹林寺とふゆかしき山門

昵懇の帝の築きたる墓ならむ塚なる熊笹歴史を継ぎて

行基墓の塋域にたつ菩薩ありて行基のビジュアル空《くう》のかんばせ

竹の一節《ひとよ》うがてる供養の灰にくゆる線香のけぶりかぐはしきかな

興福寺

交付うけし老春手帳の功徳にか阿修羅の像に再び三たび

インドにて炎熱をよぶ戦神《いくさがみ》いづれの臂《ひ》にも武器は持たぬに

正面の合掌の二臂よりたつひかり釈迦の守護神のさまにかがよふ

阿修羅像の履ける板草履に驚きぬインドの僧の付けゐしものぞ

梵語なるアスラが語源の阿修羅とふ生命《アス》をたたする若きかほばせ

天平二年五重の塔は建つといふ母憶《も》ふ后の発願うれしき

宝物館を出でて佇つとふ仮金堂の本尊釈迦にそへるや阿修羅

三重の塔に並び建つ延命地蔵平成の世の合掌絶えざる

法華寺

法華寺の南門に佇ち本堂のしじまに対けばおのづと合掌

慶長六年再興といふ法華寺になじみてきしに影絵なす后

デジカメとふ平成の眼にとどめおく四注造りなる国分尼寺とし

入母屋の法華寺鐘楼よ淀君の寄進になるとふ四百年の影

本尊の菩薩立像*天平の世より伝へし朱きくちびる

*本尊十一面観音

修理終へし福祉空風呂《から》の洞《うろ》ふたつともに蒸し風呂天平の風呂

新薬師寺

聖武帝の白内障の治癒ねがふ皇后勅願の愛凝《こご》る寺

創建の金堂遺構の発見に平成二十年考古ファンに沸く

東大寺・新薬師寺は背くらべ四町四方の境内《には》もつ大寺

高円の山麓に建つ新薬師寺天平の世の送り火に照る

南門に真向かふ本堂*神さびて天平の世の宙《そら》の語り部

*天平七九年創建時の遺構

円壇に坐れる如来の大き眼に来世寂しむ光を見たり

塑像なる十二神将おぞましく憤怒の化石薬王眷属《けんぞく》

えとごとに瑠璃光世界をまもるとふ輪番ガードマン今年は戊子《ねどし》

えともたぬここなる神将古きもの天平彫刻ゆかしき象《かたち》

本堂の東西睨める鬼瓦境内より出でし天平の貌《かほ》

大安寺

菩提僊那《ぼだいせんな》の身を寄せてゐし学問寺寂滅の極み平成の世は

南大門の菊の紋章さんぜんと初夏の日に光る日曜ひる刻

遷都祭半年のちに迫りたれば塔跡へのみち舗装のさなか

整備中の二塔の跡地を遠見つつ望遠レンズに撮らむ日半ら

天平の楊柳観音の怒り顔わが持つデジカメ睨みて立つは

秋篠寺

本尊は薬師にませどしかすがに伎芸天に額《ぬか》づく歌詠むわれは

かたちよろしき菩提樹われをいざなひつ水無月のすゑ実のたわわにて

木のもとに去年《こぞ》の実くろぐろちりぼへば数珠玉にせむ数ほど拾ふ

秋篠宮二十年前に訪ねくと庭師は語る当時の植ゑ松

にはの樹のなべてに樹名の木札ありこころやすらぐ寺なりしかな

いにしへゆ秋篠寺なる歌多し歌詠みてきしわれも試さむ

矢田寺

沙羅の白に遭ひたきゆゑに再びを参りきたれどあぢさゐ盛る

千仏堂のにはに沙羅の木季《とき》をまつさながら真珠の玉を掲げて

江戸の世は郡山藩主の帰依のもと群衆より合ふ寺なりしとか

しらたまの蕾みてより沙羅のはなあくがれ登ること三度なり

沙羅双樹連理のさまに並び佇つ写経堂なる大地のにはゆ

矢田寺の沙羅の双樹に寄りゆけば釈迦の説きたるいのちふつふつ

霊山寺

菩提僊那《ぼだいせんな》の霊山《りやうぜん》に拠る寺なるを市民はほとほと霊山寺《れいざんじ》と呼ぶ

小野富人《おののとみと》が薬草湯屋を肇《はじ》めしは天平の世なり今の薬師湯

孝謙女帝の病ひを癒しし湯屋ありて聖武勅願の寺とし伝ふる

バラモン僧菩提僊那の遺言《ゐごん》ありて聖武帝の築きし坂上《さかのへ》の墓処

バラ苑を拓きしは先代の住職なりシベリア還りの平和希ひて

白毫寺

志貴皇子の山荘の跡処《あとど》に建ち遺る真言律宗白毫の寺

復元の朱雀門眼下に見えてをり遷都祭近き二〇〇八年

高円の野辺の秋萩たづねきて万葉びとにわれはなりをり

奈良の銘木四〇〇年の樹齢もつ五色椿よ白毫のはな

円成寺

円成寺まろきこころの教へ説く釈迦の心に通ふ寺なり

運慶の三十路を顕たす造仏*の力強かり智拳に溢る

＊大日如来像　国宝

長谷寺

隠国《こもりく》の寺にしあれば桃源郷万花のなべてがいつときに咲く

大観音特別拝観の日にきたり素足に触れて仰ぐひととき

山のなだり石楠花つぼみのほほ染むるうづき少女《をとめ》にあへるさきはひ

山吹の黄金の花叢ゆれながらみのひとつだになきを詫びをり

巡りみな山に囲まれ桃源郷みめみごとなる自然薯《じねんじょ》を妻に

法隆寺

中門の中途さへぎる柱して太子封ずる暗鬼の絡繰《からく》り

まだら朱の瞋り天衝く仁王にて眼に燃えたつは曽我の館か

慟哭のこゑ籠らせて塔の洞二十世紀へ喪へるもの

焼け残る金堂壁画の風に乗る飛鳥処女の肩布《ひれ》の空いろ

観音のはづかしく立つ宝蔵に挙がるはうつつの魂《あく》がれのころ

第二章　天守閣の歌

丸岡城（福井県坂井市）

ＪＲ北陸線の「雷鳥」に古城めぐりのひと日を楽しぶ

石垣と赤松のあひに書簡碑あり「火の用心おせん泣かすな馬肥やせ」

四〇〇年白木のままにひび割れぬ垂木に凝《こご》る「時」を語れよ

江戸の世の回り縁なれば敵襲を探りし原にも鉄筋のビル

別名を「霞ヶ城」といふならし朝がすみはた夕がすみして

望楼より下るきざはしの急なれば太綱命に人を待たせて

松本城

巨大なる石碑に「国宝　松本城天守」武将のこころに彫り深かりき

いざ出陣「太鼓まつり」のただなかの陣太鼓ならす丈夫たたせて

野面積みの妖しきカーブのうへに建つ四〇〇年前のきざはし登れと

外開きの窓押しあげてありたれば江戸の武将となりて涼とる

天守閣は五重六階の天主にて三重四階の小天守をしたがふ

市役所の最上階の展望室松本城のビューポイント是非に

松江城

やくも号の空を追ひくる雲あまた松江城訪ぬるよろこびみせて

奈良の都を第二のふる里となしてよりやくも号に聴くふる里訛り

城下町にラフカディオハーンは居をまくし松江の城と日々語りけむ

猛暑日に訪ねてくれれば天守閣に涼風ありてもてなされけり

開府より四百年にして松江城国宝指定の運動してけり

地階には北なる池の深さまで井戸の掘られて今も水湧く

望楼の雌雄の鯱《しゃちほこ》輝けり木彫り銅張り日本一とぞ

石垣は牛蒡積みとふものならし大き面うちに小さき面そとに

岡山城

信長の安土の城を範として築ける城なり能舞ふ四百年

秀吉の一字を享けし秀家は朝鮮襲撃の総大将にて

半島攻めの論功行賞の秀家が八年かけて縄張りし城

天守閣の壁に塗られし黒漆の烏の濡れ羽みどりに透けり

月見櫓の乾の角にのこりゐて徳川の世の平和に浴すか

五代城主池田忠雄の建てし櫓月見の名なれど武器庫が真実

自然石を積み上げて成しし野面積　足架け易く攻め易き垣

犬山城

大き石の案内の文字の古拙なる「犬山城」に魅かれて昇る

名古屋より一時間ほどの犬山線遊園駅は山深かりき

一階は城主の居間にてその奥処武者隠しの間　映画通りの

姫路城　松本城はた彦根城そのなかにありて最古の縄張り

唐破風の目にたつ城にて中国を範といたせし城主の気骨

城内に鯱瓦《しやちほこかはら》の古きもの並べてあればめづらしみ寄る

木製のきざはしの指示のなつかしき登り下りは「右側通行」

尾張富士の名を負ふ山の美しく白亜の城の彼方に聳ゆ

備中松山城（岡山県高梁市南山下）

急峻を徒歩にて登るに山たかみ木陰の岩に休みやすみて

標高の五百に満たぬ城なれど喜寿なる我はギネスものかも

街なかはクマまたアブラが鳴きゐしに時雨をなして法師蟬啼く

雲しづむ向かひの渓のパノラマは悠久の景よこの城のもの

攻め来る雑兵必殺受け持つや角の矢狭間丸の筒狭間

山城に囲炉裏のあるをなつかしむ名月の夜は酒もりてけむ

城の主の日本猿とふ代もありて頭脳の電流入城途絶えぬ

名古屋城

築城は四百年前とふ家康の西の鎮めの縄張りたしかむ

堀の水枯れたる草生に鹿・カラス市民のあたへしもの食むらしき

コピーなる「尾張名古屋は城でもつ」城下に住めるが市民のほこり

名古屋城の中をめぐりてしつらへる防御の窓の多きに驚く

機に乗りて金の鯱撮るゆめのわれにはとほし年金暮らし

エレベーターに乗らず下ればかまどあり茶室残れる城主の嗜み

下り優先の階をくだれば息をのむ「水の声無古今」の深きに

大相撲名古屋出身の琴光喜追放となりしがタクシーの話題

二条城

関ヶ原にて西軍破りし家康の京都守護職の拠点なる城

回の字に掘をめぐらす洛中の由緒ある城外つ人溢るる

洛中に回の字然に蒼きみづめぐらす城や世界遺産たる

ＪＲ京都駅よりのバス乗り場二条城行き待ち人整然

京都御所のみんなみにしづもる蒼きみづ大手の白壁逆しまにして

この城にて征夷と名づくる将軍名始まり終はれる歴史の凝《こご》る

姫路城

我が国の世界遺産の一号は法隆寺はたこの城なりき

はたの名を白鷺城と呼びきたり白漆喰の白眉なる城

姫山を内堀にかこむ平山城難攻不落の堅城ぞまさに

秀吉の天守台築くに寄進せる老婆の石臼しろく浮き立つ

西の丸にかこはれてゐし千姫のかこち顔なる貝合せの像

貝合せの傍らに猫をはべらせて昼をあそびつ武家の女性は

大阪城

白亜なる千貫櫓の石垣は算木積みとふ見事なる線

なみはやのシンボルとして建つ大阪城水都にふさはしゆたかなる堀水

天守閣の高さは五六メートルエレベーターにて一気に昇る

アングルを探してをれば外つくにのカメラマン二人東より撮る

砲兵工廠三月十日の爆撃に焼きつくされて今ツインビル

公園なる梅林にゐて春の日はアラフォーならむが携帯掲ぐ

堀のみづに日・月の影ゆかしめて昭和六年復元城建つ

大和郡山城

郡山の市役所の前は堀の跡今も満々とみづたたへをり

不揃ひのいしもて築きし石垣のおもしろきかなノヅラ積みとふ

追手門くぐれば当時の松年輪翁語り部となりて訥とつ

追手門のかなたに天守の入母屋の二層が見ゆる奈良なる一城

築城は筒井順慶なりとある看板よみつ石垣睨みつ

乱切りの料理番組目のあたりここなる石組みまことランギリ

和歌山城

堀みづは逆さに樹影を映しゐて紀州の徳川影絵にしのぶ

撮影の禁止の階に吊らるる軸「水声無古今」の深きに打たるる

本丸に登れる段の緑石舟もて運びし讃岐を明かす

紀の川の愛しき流れをＪＲの往き来に見つつ佐和子*を憶ふ

築城の時をとどむる天守閣十二を数ふる国宝のひとつ

*有吉佐和子

岸和田城

南海を走れる電車の「蛸地蔵」矢印にそひゆく二三分の距離

岡部家の三代藩主の甲冑が城内に展示　むらさき脅しの

城ぬちに阿弥陀仏座すをいぶかるに菩提寺からの委託とありき

市民より寄贈されたる五振りの刀剣飾らる　武将の魂と

岡部氏といかなる縁のあるなれや楠木正成「額」より睨みつ

孔明の八陣法を配したる庭園俯瞰す天守の眼をして
紀ノ國の沖ノ島産緑泥岩ここにも据ゑらる当然のごとく
入母屋のまさめに巧める唐破風のいや美しき秋日に照りて

みどり百選岸和田城の選ばれて涼風送り来《く》秋分ひと日を

松山城

しやちほこの阿吽の像のそれぞれに愛称ありて「天丸」「まつ姫」

人の名を持ちたるしやちほこ天主堂の住人なれば住民票もつ

大街道ゆロープウェイにて三分余徒歩なる十五分金亀城見え来

いづこより来たると問へばフランスと答へし人と城を巡れり

海抜は三百米の山なるに高齢者われらロープウェイに拠る

いで湯街　子規の街なり「松山や　秋より高き天守閣」

子規記念博物館は六時まで愚陀仏庵に流失かなしぶ

展示室の案内のパンフを収集す子規を語れる十余り六枚

宇和島城

天守閣ゆ臨める蒼き宇和島港海より攻め来る敵は手のうち

ほとほとに角《かく》なる縄張り持つゆゑに東西南北天守あらたし

天守閣に遺されありし白蟻の古巣をみつつ敵は白蟻

三の丸の登り道なる井戸遺構周囲八五メートル直径二四メートル

城山は世を経る草木のさはにして幽玄曼陀羅織なすがごと

各層は床板ふける城なりき障子閉めありわが家の憩ひ

広島城

八月六日爆風によりて燃え尽きし広島城なり石垣の他は

鉄骨と石溶かすことかなはざり新型爆弾後遺は今も

一瞬に燃えさりし天守は焦げ色の壁面たたせて復元されをり

石組みをそのまま遺す被災後の生き残りなりものは言はずて

保険者証提示をなせば無料なりここなる城が始めてなりき

右側通行指示に添ひつつのぼりたれば中学生のゆづりてくるる

天守閣ゆ四面の濠水あをあをと平和のいろはた命のみづいろ

二の丸の復元なりしは平成の六年なりとふなべてが木造り

望楼の壁面にふたつ破風ならびこころやさしき木肌を晒す

高知城

高知県庁前にそびゆる高知城国宝の文字確かなりけり

城に登る口に立ちたる銅像は板垣退助自由は死せずと

入城の初手に千里を走る馬女性は千代らし妻の範《かがみ》の

持参金十万両をはたきては駿馬に城主をのせしめし千代女

追手門の前に馬上の武者の像高知城主の門出の姿や

漆喰の蒼に混じらず冴えをりて女人気質の今に凝《こご》るや

しやちほこを黄金に照らす秋空の高知城天守に一日を遊ぶ

龍馬伝日曜ごとに楽しめば高知市のひとひ歴史の検索

岐阜城

織田信長の居城でありし岐阜城の史跡指定の答申出さるる

山城なれば稲葉城とふたたの名をもてる城なりパノラマ稲穂か

金華山のもみぢのころを訪ぬれば戦国武将の癒しをわが身に

ロープウエイ三分ほどの昇りなれど山の海抜三二九メートル

最上階は「望楼の間」のパノラマ景長良の川のゆつたりとして

武士の世の籠城に備へし井戸ありて木の葉に埋もるかなしき歴史

高校の古典に学べる干支による方角のこりをり望楼の井《そら》

丸亀城

ぬきんづる六六メートルの亀山に築かれてあれば亀山城とも

大戦中の国宝指定の天守なれどB29も知らず超えたり

二の丸に遺れる井戸ぞ石垣を作れる奴が底に人柱然と

讃岐富士とよばれてしたたし飯野山もみぢの衣にしまし見とるる

吉井勇の歌碑に詠はるる沙弥島を天守の間より捜せど見えぬ

木造の国宝天守と仰ぐとき軒裏化粧のああしろしろと

唐破風の棟なる四つ目結び紋京極家の世に築かれし証しぞ

丸亀の石垣の高さは日本一　扇の反りの全けき防御ぞ

伊賀上野城

忍者の里伊賀上野城の天守には黒衣の人形しつらへてあり

天守閣の復興者として称へらるる川崎克氏は「俳聖殿」も建つ

三層階の天井に並ぶ平方メートル色紙川合玉堂の棕櫚描くあり

天守閣の復興祝ふ大色紙四十六枚デジカメ取り出す

上野城の高石垣は日本一匠高虎築くといへり

またの名を白鳳城といふごとく白清浄なる城にてさぶろ

上野市駅徒歩にて五分の城なれば杖つく身にもたはやすかりき

空高き里にてあれば堀の水ま青なりけり水鳥遊ぶ

島原城

白亜なる五層の城の宙に映ゆ好みの城の白眉と言はむ

晴れわたる島原城をしりへにし女竜馬*の被写体となる

*竜馬の扮装をした城の女性案内人

フェリーにて島原駅に着く朝け子守の唄の口つきて出づ

城の右手十三代の城主名白くぬかれし幟はためく

濠の水黄色になしてコウホネの耀ひたればカメラに呑まる

駅頭に聳ゆる山は「まゆやま」ぞ平成の山うしろに淡し

熊本城

熊本のキャッスルホテルの俯瞰景鳥のまなこに妻は認めつ

居城なる熊本城は清正の築くものにて石垣みよとぞ

日が西にかたぶくころに登りたれば城のかたちの影絵に出遭ふ

銀杏樹の天守に並ぶときmiddleなば城に異変の起こる伝もつ

大銀杏天守の間より見下ろせば肩を並ぶる時は何時の日

ホテルなる食堂にして熊本城の夕景にまむかふ食事のうまし

彦根城

湖を見下ろす城ぞ井伊直継元和八年の築城といふ

またの名を金亀《こんき》城と愛さるる天秤櫓は名のある大手門

城ぬちにしつらふ石の狭間あり寄せ手必殺崖《きりぎし》の峪《たに》

城の内馬屋のあるはめづらしや逃ぐる敵追ふ強者《こはもの》の脚

わが生《あ》れし五月のさくらいろは紅葉城を包めるみどりはららぐ

堀切のうへなる架橋渡る目に二重二層の隅櫓《やぐら》照る

天守閣の登り口より入りそめて移る櫓ぞ四〇〇年の闇

かたちよき幼き松の植ゑられて平成寿ぐ未来のみどり

小田原城

うめさくらつつじふぢ花はなしやうぶあぢさゐはすのまつりする城
みなづきを訪ねきたればはなしやうぶあぢさゐ菖蒲のいまさかりなり

赤橋ゆ写真はじめに撮りたるもあぢさゐのあを胸内染むる

曇り宙《ぞら》かなしくあれど北条氏の甲冑姿の日月たくまし

秀吉の小田原攻めを怖れざる軍議のさまぞ小田原評定

掛川城

桶狭間の戦によりて義元が立て籠りたる城にてありき
秀吉の配置によりて一豊の入りたる城とふ天守閣光《て》る

五月晴れの雲の流るる城にして三層のしつくい唐破風ゆかしき

東海の名城なりと謳はれて防御堅固の掛川城ぞ

掛川の市民によりて平成の世となりてより甦りたる

めづらしき木造駅舎と撮りたりし掛川駅は昭和を語る

弘前城

伊《い》丹《たみ》より青森想ひ飛機に搭《の》る傘寿の夢や五月の初旬

近畿より半刻《とき》ほどの北の国気温は五度とあるにたぢろぐ

弘前は三重櫓《やぐら》と江戸の世は呼ばれてありし天守といはず

鯱《しやちほこ》のかたちいさまし弘前城皐月の頃よ桜鳥瞰図

青森の遅き春をば謳歌する千昌夫の歌口遊《くちずさ》みつつ

苔生せる天然記念の樹皮老いて桜木はいま春を言祝ぐ

第三章　神々の苑

日本

縄文の風

三千年前とふ貝塚*なればにか温暖の海のアサリ・ホタテの山　（北小金貝塚）

貝塚の下層に墓壙の葬《はふ》りありモースの遺棄場ならぬ祀り場

貝塚のまなこあぐれば色づきて整ふ駒ヶ岳縄文の神

青森の田舎館《ゐなかだて》ムラ垂柳《たるやなぎ》に弥生の水田《みづた》ありし跡出づ

（垂柳遺跡）

火山灰を除きてゆけば足のかたち著くあらはる泥炭層に

女こどもの田植ゑのさなかか足の位置異変に戦く断末魔のこゑ

火山灰空をくらめてこの日より水田消えにきこの足跡も

風張の合掌土偶*を雅子妃に選ぶ皇太子の縄文ゆかしき

*平成21年国宝指定

縄文の土偶の祈りあらたかに愛子さま抱く雅子妃の笑み

出雲大社

神南備の山にましますハ雲山一日の幸を山に乗せくる

風土記なる出雲大国のサミットが神有月となりて生きをり

フツヌシとタケミカヅチの影うごき国譲り劇の幕あがる浜

ふるさとの稲佐の浜の神迎へまあかく炎夜空をこがす

三宝に座したる海蛇神寿詞《かんよごと》聴くがに首を立てゐるしじま

白たへの車のなかを神官に捧げられゆく厳藻《いづも》の蛇神

六十年ごとの祭りに華やげる遷宮なれば二度はかなはず

雲のわく八雲山より一日の幸の始まる拍手打てば

隠岐の島は相撲の里ぞ学年のなべてがすまひす「隠岐の海」生む

故里の「隠岐の海」なり場所ごとにわが魂はかもめとなりて

大《おほ》神《みわ》神《じん》社《しゃ》

万葉のまほろばここと桜井線レール音たぬし一日春空

三輪山を神と崇めてきたりなば縄文弥生に遡るべし

最古なる神道なれば三輪明神三つ鳥居なす杜のこゑ聴く

宙よりの飛機の早かり雲を引き山の神天降る啓示となりて

三輪山は神にしませせば拝殿のみ二礼二拍手鈴の音木霊す

不二の嶺

二十世紀世界遺産に登録の山は踏破をよろこびて居ず

浅間《せんげん》の神に護られ遠世より滲める水の閑たるながれ

箱根なる宿に真向かふ不二の山旅装のままに感嘆のこゑ

不二の歌、桜の歌は身にあまるものとしおもへ百歳までは

トルコ

カッパドキア

カイマクル・コンヤ・カッパドキアと母音添へ日本語拍のトルコ語楽し

蟻の巣の断面見るかに彫られゐる地下都市入口カイマクルの村

イスラムの侵攻避けしイエス徒の防空壕かも千年前も

聖パウロが布教に巡りゐしアナトリアのカッパドキアは修道特区か

カッパドキア杏子の黄実を割りたればわが少年の舌が悦ぶ

半円の大劇場跡石高くトルコ行進曲聴きたり風に

（エフェソス遺跡）

隊商宿

草原のキャラバンサライは荷運びを馬に代へをりオスマン王国

騎馬兵の略奪の日をたたせをりキャラバンサライの外壁の凹

星の夜の団欒照らしし灯明器盗る人もなくサライの土間に

隊商の夕餉を炊ぐ鉄の鍋遺し途絶えぬ十七世紀は

ゆくりなくサライの庭にべに芙蓉・昼がほ咲けば土耳古は近し

太陽のある景

トルコ農民水なき原に麦播きてイエスなき世をパンのみに生く

見の限り麦の畑は黄の絨毯師の影*孤つ原に入り行く

*香川進「もしもなにがしたいかときけば行き行けど麦畑なる地をあるいてみたい」『湖の歌』

地中海・エーゲ・マルマラ・黒海に囲まれ夏のわが妻かがやく

麦積めるトラック延々トルコの原先頭は穀倉時も遊べる

祖《おや》の国にかへるごとくに過ごしたり地中海トルコの旅の旬日

エジプト

ナツメヤシ

古王国のナイルの氾濫に潜《かづ》かざるナツメヤシあり玄室の絵に

四千年ナイル氾濫の季《とき》の間の人救ひけむこのナツメヤシ

赤き実は食べどきならしそを採ると幹に綱して登りゆく児ら

ナツメヤシ群れなす羊繋ぐがに実をたらしゐるナイルは今も

椰子の実の干したるを贖ひ食《たう》ぶれば吾を育める隠岐の干し柿

氾濫をよしとしナイルを離れざる民の裔《すゑ》は今痩せ地に種播く

ナイルの神

砂漠の民近く寄らせてとほどほと枯るることなしナイルの流れ

治水なりやアスワンハイダム築きてより水の王国細流《せせらぎ》と化《な》る

大統領の象徴のごときナーセル湖毀誉褒貶の声を沈めて

アラビアンナイトもかくや踊り子のベリーダンスに時空が消ゆる

ピラミッド

東天にシリウス星が浮かびたれば冠水利して石運ぶ船

水源のヴィクトリア湖より下りきし白ナイル川を殺めゐるダム

五千年の形くづさぬピラミッド黄泉がへり待つミイラなき窟

アビシニア*の全ての雨を下す川和御魂《にぎみたま》となり時に荒御魂

*エチオピアの旧称

パピルス

真みどりの表皮を剝げばしらららなる肌へとなりてパピルスの香が

死者の書と呼ばれてミイラに遺されしパピルス繊維はナイルの水草

夜に白く浮きけむ原初のピラミッドパピルス断面《こぐち》のままの形ぞ

再生の言葉をミイラに託したるパピルスなれば重たし今も

ヒエログリフ読み解かれきてエジプトの壁画の神々動き動きぬ

カイロなる博物館には戸籍のみロゼッタストーンは奪ひ去られて

王家の谷

ゆらぎゆらぐ炎を踏みて訪ひきたる王家の墓処うはあといふのみ

八十余基のピラミッド継げる王たちの霊も憩はむエルクルン山

円錐の山麓の岩を穿ちたりし少年王の墓三千年を経て

カメラ預けＫＶ62の迷路下るツタンカーメンミイラの在り処

玄室に彩なす絵文字の整然たりアラブの風いれ八十年の今

カイロなる博物館のフロアひとつ盗掘逃れし王金《わうきん》燦然

第四章　仏陀の道

インド

ガンガー（ガンジス河）

インドなる釈尊流離の跡めぐる乱り世生きこしアウラ浴びむと

西行と湯川秀樹の享年に並びし齢の旅のやすけさ

此岸より彼岸へ向かふガンガーに聖められつつ死者の舟ゆく

盂蘭盆の精霊流しのルーツなりガンガーの岸より精霊の灰

あつけらかんのインドの葬り今世紀の地球《テラ》を浄めよ彼岸のガンジス

釈迦説法生きよの教への伝はらず日本の寺は死者に向きたり

不殺生の教へに依りこし国なれば人には吠えざる犬が寄りくる

カピラ城（釈迦族の居城）・ルンビニー（釈尊誕生の地）

カピラ指して釈尊はガンガーを流るにや涅槃の地なる北枕像

城東に出奔の門の掘り出されアーチの崩れを二月に晒す

法顕も玄奘も記ししカピラ城われも詠はむ人間ブッダを

ヒマラヤの雪消の湧きくるルンビニーは稲作広めし釈迦族の里

王の名に付きたる「飯《ダーナ》」は米の祖、浄飯《シュッドウダナ》*王、自飯王、甘露飯王

＊釈迦の父王の名

ブッダガヤ

不可思議はヒンドゥーの祀る釈迦*なりきヴィシュヌの化身と拝《をろが》む民は

*ブッダガヤ大塔内の本尊

玄奘の記録に読みし「金剛座」われも同じきものを見て佇つ

菩提樹の天蓋の下の仏足石ヒンドゥー教徒の祈りはげしき

格差容るる王族に生まれし釈尊のカーストなき世を説きゐし真実

十九世紀以前はまぼろしの大塔を正目にしたるわが涅槃道

シバの民が土盛り護りし大寺院二十一世紀のブッダガヤ賑はふ

現地ガイドの合間を継ぎて案内する村人の呉るる菩提樹《ピッパラ》数葉

祇園精舎

苑に茂る菩提樹の蔭灼熱下の釈迦を囲めるとほき学び舎

菩提樹の横枝に動かぬ猿ひとつ座禅すわりに半眼の面

鐘楼のもしやとめぐる僧院あと三十あまりを行きつ戻りつ

ラージギル（ビンビサーラ王の王舎城址）

霊鷲山《りやうじゆせん》の岩むろに仏陀の風立ちて造化さながら赤き陽昇る

仏弟子を選びての仏典結実《けつじふ》なり釈迦のこゑわれの残生照らす

クシナガル（釈尊涅槃の地）

苑に佇つ沙羅の空より舞ひくだる釈迦のことばか慈愛の一つ葉

涅槃堂の前庭に沙羅の遺りたれば此花ならむ西行の歌

師の辞世「うづきの満月*」釈尊の死**を憶へるやと肯ふ今にし

*「たれもいないところに死にたい山づたう卯月の満月照らすなかれよ」香川進『死について』

**釈迦の死はインド歴（陰暦）の二月十五日。

デカン高原

壺阪の大観音劫初デカンの大理石とふ向日葵《ひぐるま》の原

サンチーの石塔にさへ木の茂り釈迦はいづこに流転のインド

崖《きりぎし》にインディゴブルーの鸚鵡あまた羽鎮めをり巡礼のごと　（アジャンタ）

生くる力ここより生るると露《あらは》にしシバは示せり自《おの》が秘仏を　（エローラ）

ラクシュミーは豊けき円房を掌に支へいざと誘ふ宇受女《うずめ》のごとし

黄白の斑《まだら》をもてるマトラーの赤き砂岩に笑まふ釈迦牟尼
（マトラー）

空に飛天仏三尊は大乗の笑みをこぼして二世紀砂岩に

シルクロード

吐《ト》魯《ル》番《ファン》

唐の世の武将のミイラか乾きたるトルファン沙国の造化の恵み

をみなはや千五百年を乾ききて爪先のいろいまだ透明

天山は雪解け水を巡らせて葡萄・ハミ瓜・胡馬も生かしむ

治水とはかく前向きをいふべしや四百のカレーズ九百の井戸

楡《ゆ》林《りん》窟《くつ》

水辺には楡《にれ》の大樹が葉を反らす楡林窟とふ聖地オアシス

ベゼクリク無仏の娑婆の祈り堂囲む千仏の眼刺されき

土荒き条痕のこし壁の絵の剝がされたりき人住まざれば

交河故城

（二本の川が北と南で合流して出来た大船のような台地に土を掘って造られたBC一世紀ごろからの都城のあと。七世紀に唐の一州となり安西都護府が置かれた。）

玄奘が求法の途次に寄りし城往古の緑風末世をかはく

（高昌故城）

自転車の女わらは鈴を売らむとし故城めぐりの驢馬に随き来る

交河城の地下水汲みし井戸のあと二〇メートルの唐の世の洞

交河城歩くより驢馬の車よし築地を出で入るウイグルのかほ

名月が宵の砂漠を照らしたり夏の星座の全天のなか

陽関

漢土より西域に入る関の跡二千年逝きその道風のみち

関なれば破る径なき難所とぞ鑑賞してきし現役の日は

ゴビタンのこだかきあたり岩のごと烽燧《のろし》台ひとつ乾涸《ひから》ぶる関跡

関出づれば故人無しと詠む陽関の彼方は銀冠天山の尾根

関のあたり点々と盛る小山あり王維も元二も知らざる人の死

亀《き》茲《じ》国《こく》（現在のクチャ地方）

亀茲琵琶は五弦の琵琶ぞ杳《とほ》き世の貴種流離かも正倉院琵琶

キジル石窟飛天の奏づる琵琶の転手ライトの中に三本二本

大乗の釈迦の一生を荘厳し窟に響《とよ》みけむ飛天の楽奏

天山の雪のオアシス壁画の青ラピスラズリは救世のいろ

水尽きし中央アジアの砂漠旅駱駝の尿も呑みきとヘディンは

檉柳《タマリスク》生ふるが見ゆればみづ・みづとその下掻きけむ砂漠の死者よ

前世紀の一日の徒歩《かち》を車もて一時間なり今の砂漠行

新《しん》　疆《きょう》

二〇〇〇年と二〇〇二年は砂漠にて中秋の月を迎へたるかな

庫車《クチャ》人の今も月見を楽しめるシルクロードに親見るごとく

過酷なる辺境と思ふや綿花積み母を手伝ふウイグル男児《をのこ》

農繁休暇農にいそしむウイグルの青き眼の児よ日本はゲーム眼

ブドウ・リンゴ・ナツメ・イチジク・西瓜など昼餉にもてなすウイグルの母

TVゲームに親振り向かぬ日本の児クチャ楽親子の合はす手拍子

庫《ク》車《チャ》

小麦粉もて焼かれてありし円形のナンの破片が七世紀跡より

ショウコリの寺跡より出でし甲冑は杳《とほ》き有事の僧兵のもの

電気の来ぬ地平に少女と水門守《も》るアブラムハマドの聖職意識

壁画なる五弦琵琶したし亀茲国のキジル8窟シムシム48窟

極限の乾きにすがるイスラーム砂漠に春を知りたる仏陀

クムトラ千仏洞

シルクロードはた玉の道　求道の道この原往きしパトスが乾く

聖地なる五連の洞*に集ひたる亀茲びとの耳に玄奘「空」説く

*クチャのクムトラ千仏洞の五連洞に玄奘が説法した部屋が残っている

インドへの途中にさ迷ふ亀茲びとへ説きたる玄奘おそらくは『心経』

63窟の天蓋に描かるる本生図捨身の象《かたち》に究極の生

炎の中に兎となりて飢ゑ救ふ釈迦本生の兎の白さ

非情なる時空に生くる亀茲びとの釈尊求めし祈りか壁画は

クムトラの「みどり」は修羅を溶かす色砂漠聖地に佇《た》てる我らに

第五章　かなかな

バランスを取り得ず椅子より落下事故春日大社の大吉受くる夜

骨密度検査の数値二十八　舌かむ老病骨粗鬆症

三月の五日朝けの見舞がほ誘ふがに鳴くうぐひすのあり

近藤芳美の切り抜きせむと広ぐれば家猫のきて新聞に載る

乳を吸へるしぐさに前肢押してをり就寝まへの黒猫老いて

ひびき灘の温泉に聴く波の音少年の日のさざえのにほひ

佐比売山の縄文噴火に埋まりたる杉*の巨樹に凝《こご》る残り香

*三瓶山麓埋没樹林

舞洲《まひしま》の三〇〇万とふゆりの花帆かけ船行く五月晴れなり

八一歳言祝ぐごともゆりの花なべて笑《ゑ》まへりゆかしき日にて

水槽に泳げる錦魚に対きあへば眼と瞳が合ふに礼《ゐや》するけふは

錦魚一匹何万円の値がつくを撮りて驚く年金生計《ぐらし》

バグダッド市街戦にて勝ち抜くと宣らすフセインに沓き日沖縄

人間の性はかなしゐ夜の間に保管物がらんどう首都の博物館

戦《いくさ》終へ七十年の過ぎたりき古稀なればこそゆかしき平和

法師蟬おーしつくつく一曲を声明のごと誦しをへて翔ぶ

一山のかなかな鳴きて山ほとへいざなふごとし生くべきわれを

跋

田土成彦

もう五十年あまりも過ぎてしまったのだろうか。「地中海」がグループ制をとり、その早期に故安田静雄氏が大阪支社を立ち上げられた。船田さんも私もその中にあって月例の歌会や全国大会に随分ご一緒させてもらった。当時の歌会は大阪近傍の有名神社仏閣を経巡らせていただいた。石清水八幡宮、生田神社、仁和寺など普段単独では入り込めないような所も安田静雄氏の縁をたよりに拝観することが出来た。石上神宮では「七支刀」も近々と拝見することができた。何とも贅沢な歌会と言わざるを得ない。

そんな環境下で船田さんは奈良に居を定められ、それが第一歌集『天平空間』を生む下地になったのだろう。たぶんその時のことと思われるが香川進先生が歌集を編むに当たって「御仏や御寺という尊称で詠ってはいけない」とおっしゃったことを何かのおりに船田さんから伝え聞いた。思うに対象に対峙する時の覚悟のようなものを示唆されていたのだと私は理解している。今回の歌集にもそのあたりの対象に対峙する時の姿勢というか心構えが貫かれているのではないかと思っている。

そう言えば船田さんは香川先生の全人格に傾倒されていた。昭和六十二年の香川先生の隠岐訪問は、生まれ故郷である船田さんの案内によるものであった。この時の作品二二八首は『隠岐』として『香川進全歌集Ⅱ』に収められている。また『香川進全集』九巻の企画も船田さんの手により着々と進められていた。遠くの図書館からも資料収集に努めておられ、その一部は私もデータ化するのを手伝わせてもらった。ほぼ全資料は調えられたが、全集の刊行を見ることはなかった。平成十年に香川先生が逝去されてしまったからだ。

さて、本歌集に戻って、その構成を見るといかにも船田さんらしい部立てになっている。この時期はこの素材の歌に集中する、といった歌作方法が採られていてこれは香川先生直伝のものによるのだろう。寺ならば寺、城ならば城と徹底されている。篤実に粘り強く対象に迫ってゆく姿勢が一貫されている。ここに船田さんの思い出をいささか記して、跋文の責をはたしたいと思う。

二〇一八年四月　清明のころ

あとがき

この歌集は船田敦弘の『天平空間』『装飾古墳』に続く第三歌集になります。残念なことに、これが遺歌集となってしまいました。

生前、作者自身が、たぶん最後の歌集と意識していたのでしょう、二〇一〇年（平成22年）に第三歌集として「平城讃歌」を、ついで、二〇一二年（平成24年）には「天守閣の歌」を、パソコン入力の小冊子として手作りで作成しておりましたので、この二冊からはほとんどの歌を入れました。

後半は二〇〇〇年（平成12年）～二〇一三年（平成25年）頃までの国内外の遺跡巡りの歌を主としてとりあげました。定年後よくもまあいろいろな処へ行ったものだと驚いています。

「第一章　平城讃歌」は、ちょうど二〇一〇年、平城遷都一三〇〇年祭が催されたのを機に、戦後しばらくまで放置されていた天平時代の文化遺産が見直され、平城宮跡の朱雀門や大極殿をはじめ多くの諸寺が、再建、復興、整備され、次第に奈良の地に天平時代の面影が甦ってきました。そういう機運の中で、仏教を政治の中心理念に据えた聖武帝の政治姿勢にいたく感動しての作歌が中心になっているようです。

「第二章　天守閣の歌」は定年退職後、一人で列車に乗って近隣の城巡りを楽しみ始めました。『日本の城』という大部な写真集を購入したのがきっかけだったかも知れません。自分も負けない写真を撮りたい！という感じで。風景の中の一要素としての城の美に魅かれていたのではないでしょうか？　遠く四国、九州、東北などへは二人で出かけました。

「第三章　神々の苑」には雑多なものを一括してしまいました。

出雲大社の「六〇年遷宮」の年＝二〇一三年に「神有月の神事」（旧暦十一月十一日から）と合わせて、屋根だけ葺き替えられた神殿を見てきました。この項に「トルコ」（二〇〇五年＝平成17年）や「エジプト」（二〇〇一年＝平成13年）の歌を入れてよいか迷いましたが無理に一括しました。トルコについては、国柄も食べ物（特に果物）もとても気に入ったようで、親近感を持って歌われています。

「第四章　仏陀の道」は二〇〇七年（平成19年）に長年の念願がやっと叶った旅でした。既に二〇〇〇年（平成12年）にはトルファン、敦煌へ。二〇〇二年（平成14年）クチャ～カシュガルへ。二〇〇四年（平成16年）にはデカン高原へ。出かけて仏教東漸の道を辿っていましたので、作者は特にインドでの釈迦の遺跡を巡る旅をなによりも望んでいました。単なる観光ではなく釈迦について勉強できる旅をというので、なかなかそんな企画に巡り会えなかったのですが、やっとその時を得ました。インドの岩や空や木々から仏ではない生身の人間としての釈尊を感じ得た喜びを歌いたかったようです。また、「シルクロード」では、特に正倉院御物として有名な「螺鈿紫檀五弦琵琶」のルーツを、一二〇〇年も前のキジル石窟の壁画にはっきりとじかに確認できた喜びをこの上ない幸せとして歌っています。

　ここまでこの歌集の歌を辿ってきて、作者がかなり強い望郷の念を、口にこそ出しませんでしたが心の奥に持ち続けていたことに気付きました。二〇一七年（平成29年）五月に、なかなか休日が同じ日に取れない子供たちを説得して、隠岐の島の生まれ故郷の浜へ散骨をして参りましたので、やっと安堵してくれているのではと思っています。

さらに歌集の最後に置きました歌

一山のかなかなきて山ほとへいざなふごとし生くべきわれを

は二〇一二年（平成24年）の作ですが、自らの墓処の理想を歌ったように思えました。長男が選んで来てくれた墓地が、生駒山頂の全くそれにふさわしい場所だったので今は満足してくれているのではないでしょうか。

この遺歌集の原稿づくりをしておりました間は、かって旅した様々な遺跡を、二人で再びめぐることができて、それは楽しい日々を過ごしました。感謝、感謝です。

また、浜谷久子様や田土様ご夫妻には歌集の原稿作りに際してご助力をいただき、田土成彦様には急に跋文の執筆までお願いいたしましたにもかかわりませず、快くお引き受けいただき、香川進先生の短歌に親しく接してこられた田土様ならではの視点で温かいお言葉をいただき誠に有難う存じます。また、「地中海」編集長の久我田鶴子様には、出版社砂子屋書房の田村雅之様へのお引き合わせや交渉をはじめ、最終的な校正までお願いして、さなきだにご多忙な中でお時間を割いていただきましたことを深く御礼申し上げます。

また砂子屋書房の田村様には出版に際しての一切の労を短時間でスムーズにお取り計らいいただき、誠にありがとう存じます。こんなに早く遺歌集が完成いたしましたのも皆様のお力添えのおかげと深く感謝いたしております。有難う存じました。

船田清子

二〇一八年四月

地中海叢書第九一六篇

歌集　平城讃歌

二〇一八年七月九日初版発行

著　者　船田敦弘

著作権継承者＝船田清子

大阪府東大阪市金岡三—二七—二三（〒五七七—〇八二三）

発行者　田村雅之

発行所　砂子屋書房

東京都千代田区内神田三—四—七（〒一〇一—〇〇四七）

電話　〇三—三二五六—四七〇八　振替　〇〇一三〇—二—九七六三一

URL http://www.sunagoya.com

組　版　はあどわあく

印　刷　長野印刷商工株式会社

製　本　渋谷文泉閣